Férias na Vila

Texto: Anna Claudia Ramos
Ilustrações: Marilia Pirillo

Esta é a turma da vila:

Felipe, Guto, Leo, Nina, Duda e Lulu são as crianças da vila.
Melado, Sanduba, Jujuba e Netuno são os bichos que moram com as crianças.

Dados Internacionais de Catalogação na Publicação (CIP)
Angélica Ilacqua CRB-8/7057

Ramos, Anna Claudia
    Férias na vila / Anna Claudia Ramos ; ilustrações de Marilia Pirillo. - São Paulo : Paulinas, 2022.
    24 p. : il., color. (Sabor amizade ; Série Turma da vila)
    ISBN 978-65-5808-185-2

    1. Literatura infantojuvenil I. Título II. Pirillo, Marilia III. Série

22-2771   CDD-028.5

Índice para catálogo sistemático:
1. Literatura infantil

1ª edição – 2022

Direção-geral: *Ágda França*
Editora responsável: *Andréia Schweitzer*
Assistente de edição: *Fabíola Medeiros de Araújo*
Coordenação de revisão: *Marina Mendonça*
Revisão: *Ana Cecilia Mari*
Ilustrações *Marilia Pirillo*
Gerente de produção: *Felício Calegaro Neto*
Produção de arte: *Tiago Filu*

Nenhuma parte desta obra pode ser reproduzida ou transmitida por qualquer forma e/ou quaisquer meios (eletrônico ou mecânico, incluindo fotocópia e gravação) ou arquivada em qualquer sistema ou banco de dados sem permissão escrita da Editora. Direitos reservados.

Paulinas
Rua Dona Inácia Uchoa, 62
04110-020 – São Paulo – SP (Brasil)
Tel.: (11) 2125-3500
http://www.paulinas.com.br – editora@paulinas.com.br
Telemarketing e SAC: 0800-7010081
© Pia Sociedade Filhas de São Paulo – São Paulo, 2022

Lulu é dona de Sanduba,
que virou seu melhor amigo.

TUCA E MEL CHEGARAM NO FIM DE SEMANA.
TUCA É PRIMO DE DUDA E PASSA
TODAS AS FÉRIAS DE VERÃO NA VILA.

TODOS OS BICHOS SÃO AMIGOS DA MEL, MAS NETUNO
É QUEM FICA MAIS FELIZ QUANDO ELA CHEGA.

CADA FAMÍLIA MONTA UMA PISCINA NO QUINTAL. BOLAS, PATINETES, BICICLETAS, LIVROS, JOGOS DE TABULEIRO, BONECAS, CARRINHOS FAZEM PARTE DOS BRINQUEDOS PREFERIDOS DA TURMA.

E AS BRINCADEIRAS DO TEMPO DOS AVÔS E AVÓS NÃO FICAM DE FORA.

DE VEZ EM QUANDO, UM PAI OU UMA MÃE APARECE NA JANELA E PERGUNTA:

– EM QUE CASA VOCÊS ESTÃO?

DE VEZ EM QUANDO, A TURMA TODA TOCA A CAMPAINHA DE UMA CASA E CHEGA FALANDO AO MESMO TEMPO:

– ESTAMOS COM FOME! – E COMEÇA UM CORRE-CORRE PRA ARRUMAR LANCHE PRA CRIANÇADA.

NA VILA, TODOS ENTENDEM E RESPEITAM QUANDO ALGUMA CRIANÇA CANSA DE BRINCAR E ENTRA UM POUCO PRA FICAR SOZINHA.

UMA VEZ POR SEMANA TEM ACAMPAMENTO
NO QUINTAL DA VOVÓ VALENTINA.
MEL ATÉ GANHOU UMA CAPA PRA FAZER PAR
COM NETUNO, VIGIANDO OS PERIGOS DA NOITE.

JUJUBA FICA FELIZ PORQUE
TEM UMA PISCINA EM CADA QUINTAL.

NETUNO, LULU E GUTO SÃO OS ORGANIZADORES OFICIAIS
DO CAMPEONATO DE FUTEBOL DE FÉRIAS.

E TUCA ADORA PULAR CORDA COM NINA E MELADO.

FÉRIAS NA VILA PODEM ATÉ DAR CONFUSÃO, MAS AQUI TUDO SE RESOLVE COM UM BOM PAPO, COMO DEVE SER!

Anna Claudia Ramos

Foto: Octacílio Barbosa

Sou carioca, graduada em Letras pela PUC-Rio, mestre em Ciência da Literatura pela UFRJ, e sócia do Atelier Vila das Artes Produção Editorial. Já fiz muitas coisas nesta vida e, se quiser saber um pouco mais, basta acessar meu site que tem muita história por lá. Mas gosto de dizer que sou feita de histórias.

Desde 1989, sou professora de Oficinas Literárias. Atualmente tenho turmas virtuais! Viajo pelo Brasil afora dando palestras, cursos e oficinas sobre minha experiência com leitura e como escritora e especialista em LIJ.

Resolvi escrever os livros da *Coleção Turma da Vila* porque moro em uma vila de casas e vi uma geração inteirinha de crianças crescerem brincando com seus animais de estimação. Por isso, me inspirei nessas crianças e criei estes livros, onde meninos, meninas, cães e gatos convivem de forma encantadora. E atualmente já temos uma nova geração de crianças e bichos na vila. Novas histórias virão por aí!

www.annaclaudiaramos.com.br

Marilia Pirillo

Foto: Leticia Spezani

Sou gaúcha de Porto Alegre.
Comecei minha carreira trabalhando com projeto gráfico, editoração e ilustração para publicidade e revistas de atividades para crianças.
Em 1995, ilustrei meus primeiros livros de literatura para crianças e não parei mais: hoje são mais de 80 títulos publicados com minhas ilustrações.
Em 2004, quando mudei para o Rio de Janeiro, comecei a fazer aulas de escrita. Foi em uma oficina de literatura para crianças que conheci Anna Claudia Ramos, que foi mestra e virou amiga e incentivadora da minha carreira de escritora.
As aulas, em pequenos grupos, aconteciam em uma bucólica vila de casas localizada no coração de Copacabana, o Atelier Vila das Artes, que serviu de inspiração para esta coleção.
Também escrevo para crianças e jovens. Tenho 13 livros publicados de minha autoria.
www.mariliapirillo.com